folio
junior

Philippe Delerm

Sortilège au Muséum

GALLIMARD JEUNESSE

© Éditions Gallimard Jeunesse, 2014

Chapitre 1
L'enfant du Muséum

– Si, Stéphane, tu peux me croire, une grande nouvelle, et qui va nous changer la vie !

Il insistait. Sans doute ne devais-je pas être assez enthousiaste à son goût. Depuis le départ de ma mère, deux ans auparavant, j'avais tendance à me méfier des grandes nouvelles. Ce que j'aimais, c'était cette curieuse petite vie à deux que nous nous étions faite entre hommes, sans chichis. Le lundi, c'est moi qui préparais le dîner, et mes pâtes au fromage étaient parfaitement al dente, ce soir-là.

– Mange, Paul, ça va refroidir !

J'avais dit ça tout doucement, tout patiemment. Interloqué, il me regarda par-dessus ses petites lunettes rondes d'intello, et son front dégarni se plissa tout à coup. Il ne s'y faisait pas. Bien sûr, il n'osait rien me dire. Bien sûr, il comprenait. Papa ne passait plus, alors je disais Paul. Une manière de traduire ce rapport nouveau entre nous, cette tendresse maladroite ponctuée de longs silences.

– Tes pâtes sont très bonnes ! reprit-il en se penchant sur son assiette.

Puis, un peu gêné, il ajouta :

– Je sais ce que tu penses. Pour toi, le musée, c'est ici. Moi aussi, j'aime bien ce côté Jules Verne, cette ambiance de vieille bibliothèque pour savant fou. Mais on commence à crever sérieusement de toute cette vieillerie. Quand mes collègues de Paris me demandent des nouvelles, j'ai l'impression qu'ils guettent les toiles d'araignée sur ma veste !

Je l'écoutais vaguement. Déjà, je sentais que le petit ronron de son monologue allait repartir vers ce grand projet d'un musée décentralisé, ouvert sur la région, avec ces fameuses « unités pédagogiques » qui devaient drainer un nouveau public.

Toutes ces expressions ne me plaisaient guère. Comment monsieur Paul Fortier, directeur du Muséum d'histoire naturelle, pouvait-il évoquer avec une telle désinvolture cet univers que j'avais toujours cru sacré à ses yeux ? Le musée était-il si vieux ? Je ne m'étais jamais posé la question.

J'étais né là, quinze ans auparavant, dans l'appartement de fonction du directeur, au troisième étage, juste au-dessus de la salle des oiseaux. Les escaliers en colimaçon, les animaux empaillés, les minéraux, les bocaux, les insectes épinglés, les vitrines, tout cela faisait partie de moi. J'avais risqué mes premiers pas sous le regard grenat des grands ducs, devant la carapace de la tortue éléphantine de l'île Maurice, la trompe du tamanoir... Je connaissais chaque lame de ces parquets immenses qui couraient sur les trois étages du musée. Plus tard, mes copains d'école avaient envié mes privilèges. Pouvoir arpenter seul ces longues salles mystérieuses, quand les derniers visiteurs s'en étaient allés, m'abandonnant le domaine ! Le père Dubois, le concierge, regagnait sa loge du rez-de-chaussée, d'où ne tardaient pas à monter comme une musique familière les éternelles disputes qui l'opposaient à sa femme. Je montais le large escalier qui menait au premier étage, m'arrêtant devant les vitrines murales où étaient présentées les écorces d'arbres du monde entier. *Violette éteinte. Teck du Tonkin. Palissandre odorant. Matapo. Gaïac. Irako. Esperille. Bois d'or. Avanduré. Amadouvier. Oncabala.* L'étiquette calligraphiée sous chaque écorce avait plus d'importance que le bois lui-même. Petites étiquettes biseautées, dont l'encre un peu passée, presque sépia, faisait penser à des sagesses d'autrefois, à la patience d'un secrétaire aux manches lustrées, appuyé sur le cuir sombre d'un sous-main galonné d'or, dans la lumière verte d'une lampe d'opaline inclinée vers lui. Je me répétais ces mots étranges qui faisaient défiler en moi l'image des pluies chaudes, des hibiscus et des bougainvillées, l'image rougeâtre des pistes africaines, et celle, plus sombre et plus menaçante, des forêts amazoniennes, traversées de senteurs musquées, peuplées de présences inquiétantes.

Je n'avais pas besoin de retenir ces mots. Il me suffisait de passer tous les soirs devant ces noms fabuleux. C'était ma façon de lire, et ma façon de voyager. Je n'étais pas un bon élève. Au collège, mon professeur de biologie, mademoiselle Lecoq, me rendait mes copies avec un petit rictus de ses lèvres minces :

– Eh bien, monsieur Fortier, pour quelqu'un qui demeure dans le Muséum d'histoire naturelle !

Son ironie ne me touchait guère. Insensible à la reproduction des fougères, aux transformations des amibes, à l'évolution des couches sédimentaires, je possédais à ma manière un univers qui commençait avec des noms, *suif de Yayamadou, graines d'Elosy Ségué*. Je n'avais pas envie de comprendre. Seulement de monter lentement les marches du musée pendant que les bougonnements du père Dubois s'estompaient peu à peu. Au premier étage m'attendait la longue salle des mammifères. Je connaissais par cœur toutes les scènes, de la vitrine au puma tuant un mouton devant une falaise à celle où se vautraient sur le sable le varan, le gecko d'Égypte, le caïman à lunettes. Je m'asseyais parfois dans le petit escalier en colimaçon qui menait au second étage. Un silence parfait régnait. Me croyant remonté chez moi, le père Dubois éteignait les lumières. Seule une veilleuse éclairait désormais chaque étage du musée plongé dans la pénombre. C'était mon instant préféré. En dessous de moi, les fauves d'Afrique et les rennes devant leur soleil de minuit. Au-dessus, les toucans, les faucons et les chouettes. Les genoux repliés contre la poitrine, je rêvais à toutes ces présences immobiles. C'était à la fois un peu inquiétant et tout à fait paisible. Inquiétant d'imaginer tous ces fauves, ces prédateurs, dont l'esprit sanguinaire flottait bien au-delà des vitrines. Merveilleusement paisible de songer que rien ni personne ne pouvait me déranger, que j'étais le seigneur des lieux, perché dans mon escalier. C'était un peu comme si je devenais à mon tour un animal empaillé, comme si je m'inventais une vitrine. On y collerait une étiquette et les visiteurs étonnés liraient : *L'enfant du Muséum*.

Le temps passait. La peur d'être surpris, le vague remords de n'avoir pas encore touché à mes devoirs me faisaient sortir de ma léthargie. Je reprenais mon ascension vers le troisième étage. Là-haut, une lumière filtrait sous la porte du bureau de mon père. J'entendais le cliquetis de sa machine à écrire. C'était l'heure où il rédigeait des communications destinées à des revues scientifiques. Je ne le dérangeais pas. Un peu plus loin, un autre bureau avait souvent sa porte entrebâillée, comme une invitation silencieuse. J'entrais sans frapper. Laurent Savard, le préparateur taxidermiste, ne se retournait même pas.

– Ah ! Voilà mon petit copain Stéphane !

Toujours penché sur un travail méticuleux, il ne s'interrompait pas dans sa besogne, et son accueil n'en était que plus chaleureux. Je ne venais pas le voir pour discuter avec lui, mais pour me couler dans son antre et partager quelques instants sa passion. Un soir, il recollait des perles dans les cavités orbitales d'un faucon crécerelle ; un autre, il repeignait les fausses pendeloques de glace qui devaient pendre au-dessus de l'ours blanc ; un autre soir encore, il réparait les défenses ébréchées d'un sanglier.

Avec sa blouse grise sanglée à la taille et ses longs cheveux blancs, monsieur Laurent devait approcher de la soixantaine. Je l'avais toujours connu dans le musée. Tout petit déjà, je me glissais dans son bureau-laboratoire, et ces visites du soir étaient devenues un rite. Veuf depuis bien longtemps, monsieur Laurent vivait surtout pour sa tâche. Mon père avait renoncé à le renvoyer dans ses foyers à des heures raisonnables. À quoi bon le condamner à cette solitude ? Au Muséum, au moins, monsieur Laurent était indispensable. Je m'asseyais sur un petit tabouret, de l'autre côté de la longue table où il travaillait. De temps en temps, il me lançait un « alors ? » sans réponse. Nous n'avions pas besoin de mots. Depuis le départ de ma mère, surtout, ces petits rendez-vous silencieux m'étaient devenus nécessaires. Dans les gestes précautionneux de monsieur Laurent planait une tendresse secrète qui m'était destinée.

Toutes ces images précieuses me revenaient une par une, ce soir-là, pendant que mon père continuait à s'enthousiasmer au sujet du nouveau musée. C'est à monsieur Laurent que je pensais surtout. Il devait approcher de la retraite. Le nouveau Muséum à vocation européenne aurait-il besoin de ses services ?

Comme s'il avait deviné mes pensées, mon père reprenait :

– Évidemment, ça va bouleverser bien des habitudes ! J'avoue que j'en avais assez d'entendre toutes les bourgeoises de la ville me parler de la fameuse atmosphère du musée, me rabâcher qu'elles le trouvaient *délicieusement vieillot*. Tout ça, c'est bien joli, mais nous sommes entrés dans le XXIe siècle. Bien sûr, Savard n'était pas aussi chaud que moi quand il a appris qu'on allait démarrer la construction du nouveau musée sur la rive gauche, mais bon…

Je le laissais parler. Comment lui dire la grande cassure que je ressentais tout à coup ? Pour moi, mon père et le musée n'avaient toujours constitué qu'une seule et même présence. Ils ne se quittaient presque jamais. J'étais fier de l'un comme j'étais fier de l'autre. Bien sûr, Paul parlait souvent d'aménagements nécessaires, d'améliorations. Mais comment imaginer qu'il pouvait souhaiter changer d'espace, balayer cet univers qui semblait faire partie de lui ? Je me sentais trompé, presque comme par le départ de ma mère. Si mon père renonçait à ce musée-là, avec ses odeurs de cire et ses vitrines reconstituées, ses recoins sombres et ses planches calligraphiées, c'était un peu comme s'il m'abandonnait à son tour.

– Et le père Dubois ? intervins-je timidement.

– Tu penses, lui aussi fait sa mauvaise tête. Mais il faudra qu'il s'y fasse. D'ailleurs, on n'aurait pas de mal à trouver un autre gardien, moins porté sur la bouteille ! Mais qu'est-ce qui ne va pas, Stéphane ? Tu as des problèmes au collège ?

Non, je n'avais pas de problèmes. Pas plus que d'habitude. Nous n'étions pas rentrés depuis un mois, et déjà la plupart des profs me promettaient un redoublement de troisième si je ne changeais pas d'attitude devant le travail. Mais mon premier vrai souci de l'année commençait avec ce discours stupéfiant. C'était comme une faille, un gouffre qui s'ouvrait devant moi.

Quand ma mère s'en était allée, je m'étais replié dans ma coquille, blotti dans mon cocon. Allait-il falloir quitter toutes ces coquilles, ces cocons que le musée cachait dans ses placards secrets ?

Une profonde colère commençait à monter en moi. *Plutôt mourir que d'abandonner tout cela*, pensais-je. En même temps, je sentais bien que s'opposer à Paul ne m'apporterait rien, qu'avec lui je ne pourrais rien partager de cette nouvelle tristesse. Il était tellement dans sa lune !

Je le quittai ce soir-là sur un « Bonsoir papa ! » que je voulais plein de rancune sourde, et qui reçut cet écho :

– Bonsoir Stéphane !... Et merci. Tu sais, je crois que je préfère *papa*.

Chapitre 2
La vengeance du puma

Une longue traînée sombre ruisselait depuis la gorge du mouton, coulant le long de sa patte, puis, au-delà, jusque sur le faux rocher qui lui servait d'assise, éclaboussant même de quelques taches la vitrine, au premier plan. Étais-je la proie d'une hallucination ? La nuit était tombée très tôt, en ce mercredi du début d'octobre, et les rares visiteurs de l'après-midi m'avaient abandonné le musée plus d'une heure auparavant.

Depuis ce maudit soir où mon père m'avait annoncé la fin du Muséum, je passais tout mon temps libre dans ces salles, ruminant mes idées noires, et me demandant en vain quel stratagème échafauder pour repousser le spectre de ce bouleversement, de cette trahison.

Il me semblait que tous les animaux prisonniers voulaient me dire quelque chose, m'imploraient.

La vitrine du puma recroquevillé sur son rocher, sur le point de dévorer le mouton condamné, m'avait toujours fasciné. À chaque fois, je me demandais si le mouton était déjà mort.

Le museau appuyé contre une aspérité du roc, il se raidissait dans un ultime sursaut. On distinguait à peine son regard penché, à demi-voilé, abandonné. Juste au-dessus de lui, le regard du puma défiait le spectateur. *Oui, c'est ma proie. Y trouveriez-vous à redire ?* Ce langage muet me glaçait le sang, et m'attirait étrangement. Albert Cléron, le naturaliste auteur de cette reconstitution, avait saisi la scène à ce moment cruel où la victime ne peut plus rien qu'attendre, et où le vainqueur du combat ne semble plus pressé d'en venir à ses fins. Cet instant arrêté, c'était juste entre la vie et la mort. Pour moi, tout l'esprit du Muséum était enfermé là.

Ce soir-là, je m'étais encore une fois approché de la vitrine comme si un message devait tomber de l'œil farouche du puma. Je n'avais rien remarqué d'abord, dans la pénombre. Comme d'habitude, j'évitais de regarder le mouton. Et puis mes yeux s'étaient posés malgré moi sur cette dégoulinure bizarre, presque noire, qui traçait son sillon sur la laine frisée. Dans un premier temps, il me sembla que ce ruisseau de sang avait toujours fait partie de la scène. Mais il y avait ces taches étalées sur la vitre, devant moi.

Devant l'absence de visiteurs, le père Dubois avait éteint les lampes plus tôt qu'à l'accoutumée. Il faisait presque nuit. En relevant la tête, je croisai dans l'œil brillant du puma un défi qui ne concernait plus seulement sa victime, mais s'adressait à moi. *Eh bien, parleras-tu ?* Voilà ce que le fauve me disait. Pétrifié, je demeurai là un long moment. Tout se bousculait dans ma tête.

Abasourdi par ce phénomène inexplicable, je me sentais en même temps horrifié et curieusement satisfait, comme si cette traînée de sang était la première réponse à mon impuissance. Le puma, lui, avait su se révolter ! C'était un grand mystère, mais aussi une réalité qui me réconfortait. Comme enivré, je restais là, enchaîné par son regard dominateur.

C'est seulement quand l'obscurité éteignit complètement cette lueur inquiétante qui brillait dans l'œil vert du félin que je pus enfin m'arracher à la scène.

Grimpant à toute allure l'escalier en colimaçon, je me précipitai d'instinct dans le bureau de monsieur Laurent. Occupé à recoller un minuscule morceau de nacre sur la poignée d'un couteau exotique, ce dernier manifesta une impatience inhabituelle :

– Écoute, tu es bien gentil, mon petit Stéphane ! Mais tu vois bien que j'ai là une tâche délicate…

– Je vous en supplie, monsieur Laurent ! Il faut que vous veniez tout de suite ! Une chose incroyable dans la vitrine du puma !

– Eh bien quoi ? Elle ne s'est pas envolée, tout de même ?

N'y tenant plus, je l'agrippai par la manche de sa blouse, et il me suivit en maugréant. Mais sa mauvaise humeur fit bientôt place à la stupéfaction lorsqu'il se trouva devant la vitrine. Indigné, il se mit à hoqueter :

– C'est un sabotage ! Qui a osé ? Qui s'est permis ? Stéphane, il faut tout de suite prévenir monsieur Fortier !

Quand je redescendis avec mon père, monsieur Laurent continuait de s'époumoner. Ses beaux cheveux blancs d'habitude si bien lissés s'ébouriffaient sous le passage de ses mains agitées d'un tremblement nerveux. La réaction de Paul fut beaucoup moins spectaculaire.

– Eh bien, Savard, reprenez-vous, mon vieux ! On n'a pas voulu attenter à votre vie !

Puis, relevant ses petites lunettes rondes sur son front, il m'interrogea :

– Alors comme ça, c'est toi qui as découvert la… chose ? Juste à l'instant ?

Je bredouillai une réponse évasive. Je me sentais un peu en faute d'avoir d'abord gardé pour moi le mystère du puma.

Perplexe, mon père poursuivait ses investigations :

– Enfin, Savard, bon sang, ces vitrines sont fermées à clé !

Il y avait comme une nuance d'interrogation dans son affirmation, et monsieur Laurent ne s'y trompa pas :

– Je vérifie moi-même la fermeture des vitrines tous les soirs ! À part monsieur Dubois et vous, personne d'autre ne possède un passe.

– Tiens, à propos de Dubois, reprit mon père, Stéphane, va lui demander de rallumer la salle, et ramène-le-moi !

Pour la première fois de ma vie, j'osai interrompre la dispute conjugale des Dubois. Le concierge ne s'en formalisa pas outre mesure, et me suivit à son tour.

Sous la lumière revenue, le liquide rouge qui coulait de la gorge du mouton s'étalait avec profusion et croupissait en une flaque encore humide aux pieds de l'animal.

– C'est sûrement de la peinture ! lança Paul. On aura voulu nous faire une mauvaise farce. C'est la première fois ! ajouta-t-il avec une expression un peu rêveuse. Dites-moi, Dubois, il y a eu beaucoup de visites, cet après-midi ?

Se raidissant, le concierge fit son rapport avec une déférence très militaire :

– Pas grand monde, Monsieur le directeur ! Une classe de jeunes enfants avec leur instituteur, un petit groupe de touristes, et puis, bien sûr, le descendant de monsieur Pelletier, pour son mémoire.

– Qui a quitté le Muséum le dernier ? demanda monsieur Laurent.

– Je pourrais pas vraiment vous dire. Je me suis absenté un moment pour changer la bouteille de gaz. Il y avait si peu de monde ! Ce que j'sais, c'est qu'à quatre heures tout le monde était parti !

Paul paraissait de plus en plus perplexe :

– Ainsi, l'auteur supposé de cette délicieuse petite farce aurait quitté les lieux depuis presque deux heures, et la peinture n'aurait même pas commencé à sécher ? L'un de vous deux aurait-il son passe ?

– Toujours, Monsieur le directeur, souffla Savard.

Il sortit son lourd trousseau de clés de la poche déformée de sa blouse et fit bientôt glisser la paroi de la vitrine :

– Elle était bien fermée à clé ! lança-t-il avec une évidente satisfaction. Puis il passa le premier la main sur la toison du mouton, porta lentement le doigt à ses lèvres, se retourna enfin vers nous, comme frappé de stupeur.

– Eh bien, Savard ?

– C'est du sang, Monsieur le directeur !

Chapitre 3
Peau d'âme

– Surtout pas un mot ! À qui que ce soit ! Même pas à votre femme, Dubois !

Mon père avait clos le chapitre du mouton ensanglanté par ces ordres qui prenaient un peu un ton de menace. Nous étions donc quatre à partager le secret. Si le père Dubois avait semblé hébété devant le mystère, si monsieur Laurent s'était montré bouleversé, Paul, lui, avait surtout manifesté de l'agacement. Son attitude, lors du dîner du soir, était devenue presque agressive :

– Ne parlons pas de Dubois ! Il est incapable de monter un coup de ce genre. Mais Savard…

Il se massait doucement les ailes du nez, sous ses lunettes.

– Savard a toute sa vie, ici. Il me l'a dit encore l'autre jour, quand je lui ai parlé du nouveau musée.

Un bras levé, il imitait le ton nasillard de monsieur Laurent :

– « Monsieur le directeur, si l'on m'oblige à quitter ce laboratoire où les préparateurs se sont succédé depuis plus de cent cinquante ans, c'est comme si l'on me tirait une balle dans la tête ! » Moi qui ne l'avais jamais entendu élever la voix ! avait repris mon père. C'est sûr qu'il a été rudement touché par le projet. Mais quand même, ce n'est pas vraiment son style de s'amuser à ce genre de farce !

– Pourquoi parles-tu toujours de farce ? n'avais-je pu m'empêcher de lancer. C'est vraiment du sang qu'on a trouvé sur le mouton !

– Enfin, Stéphane ! Tu ne vas quand même pas, toi aussi, faire semblant de croire à ce miracle ! Non, continua-t-il en serrant les dents. Ce qu'il y a, c'est que certains ne voient pas d'un bon œil la disparition du musée actuel. Mais je suis sur mes gardes, désormais !

En disant ces mots, il m'avait jeté un coup d'œil étrange. Après tout, je faisais partie, au même titre que monsieur Laurent ou le père Dubois, de ces *certains qui ne voyaient pas d'un bon œil…* Paul allait-il jusqu'à me soupçonner ?

S'il s'agissait d'un mauvais coup, il y avait à

mon avis un autre suspect possible, dont mon père ne semblait pas s'inquiéter. Ce monsieur Pelletier, qui venait chaque jour travailler pour son mémoire sur les papillons de l'Afrique équatoriale, m'avait toujours paru bizarre. Éternel étudiant sans âge, il avait adopté la très longue barbe et surtout les immenses moustaches tombantes de son aïeul, directeur du Muséum de 1873 à 1923. Le très solennel portrait de son arrière-grand-père qui ornait l'entrée de la salle des oiseaux lui avait sans doute donné l'impression de faire partie de la maison. Il ressemblait tellement à son ancêtre que son regard me mettait mal à l'aise quand je le rencontrais au hasard des salles. Car si les papillons étaient son souci du moment, il accumulait les thèses et les essais sur les mollusques, les fossiles ou les lépidoptères, trouvant toujours une raison scientifique pour arpenter les parquets du Muséum.

En rentrant du collège, le lendemain du mystère, je ne manquai pas de tomber sur lui. Il me précédait de quelques marches, dans le grand escalier, et ne m'avait pas entendu arriver. Je me collai aussitôt contre le mur, entre la vitrine murale des marbres et celle des graines de café. Mon cœur battait. Tenter une filature au cœur du

Muséum, en plein après-midi ! Cela me rappelait des lectures d'enfance, avec un mélange de peur et d'excitation qui n'était pas pour me déplaire. C'était comme si l'affaire du puma avait tout changé dans le Muséum, installant une atmosphère de suspicion, mais aussi un malaise plus étrange dont chaque animal empaillé, chaque squelette, chaque cire anatomique semblait responsable ou complice.

J'entendis bientôt les pas de monsieur Pelletier craquer sur le parquet de la salle des mammifères. Glissant contre le mur, je parvins jusqu'à une petite niche de pierre, en retrait de la salle, d'où je pouvais la découvrir en me penchant. Il me sembla que mon suspect ralentissait insensiblement en passant devant la vitrine du puma. Mais, à ma déception, il s'engagea aussitôt sur la droite, en direction de la salle des insectes. Je traversai la salle des mammifères à mon tour. En parvenant au pied du petit escalier en colimaçon qui mène au second étage, je ne pus m'empêcher de jeter un coup d'œil de côté. Monsieur Pelletier avait déjà sorti son volumineux carnet de notes et dessinait devant la vitrine des papillons de Colombie. Il me jeta par-dessus son écharpe un regard qui me parut moqueur et me donna le feu aux joues.

Remballant ma déception, je poursuivis mon ascension vers le bureau de monsieur Laurent. Avec lui, au moins, j'allais pouvoir parler des événements. La suspension était bien allumée, mais monsieur Laurent n'était pas dans son bureau. Des bruits de pas me signalèrent bientôt sa présence dans la longue réserve mitoyenne où je ne pénétrais presque jamais. Paul n'aimait pas trop me voir traîner dans cet endroit, qu'il appelait le saint des saints du Muséum. En fait, seuls monsieur Laurent et lui en franchissaient le seuil. Là étaient entassées toutes les reliques du musée, les pièces qu'on n'exposait plus, soit parce qu'elles étaient trop abîmées, soit parce qu'elles pouvaient sembler d'un goût discutable et qu'elles étaient susceptibles de choquer les visiteurs d'aujourd'hui.

Ravi de pouvoir franchir les portes de ce temple, je me risquai dans la vaste pièce mansardée, chichement éclairée par une unique lampe au néon, qui laissait plus d'un recoin dans l'ombre.

– Mais enfin, qu'est-ce que… ? grogna monsieur Laurent.

Puis, se radoucissant à ma vue, il me lança :

– Ah ! c'est toi, mon petit Stéphane ! Eh bien reste, puisque tu es là. Mais prends bien garde à ne rien faire tomber, à ne rien écraser ! Ici, on marche sur des œufs !

Depuis combien de temps n'étais-je plus venu là ? Je reconnaissais cette odeur caractéristique, un mélange d'éther, de poussière, de désinfectant peut-être, une odeur qui était aussi celle du temps passé, de la mort desséchée, l'odeur d'un grenier qui eût contenu des milliers d'années de souvenirs oubliés. Était-ce à cause de ce climat de mystère qui planait désormais sur le Muséum ? Une envie brutale me vint de revenir seul dans ce lieu singulier, de braver les interdits, de découvrir peut-être dans cet amas de vieilleries le secret du Muséum.

– Ne regarde pas trop de ce côté, ça risque de te couper l'appétit !

Depuis quelques minutes, en effet, je restais fasciné devant un empilement de bocaux verdâtres dans lesquels baignaient des fœtus monstrueux, embryons de veaux à deux têtes ou autres porcs à six pieds.

– Oui, ça amusait beaucoup les gens, autrefois ! reprenait monsieur Laurent. Mais le Muséum a un peu abusé de ce genre d'horreurs spectaculaires. Maintenant, on en revient à une rigueur un peu plus scientifique… Et ce n'est pas toujours mieux !

Il avait dit ces derniers mots entre ses dents, et je sentais qu'il avait voulu faire allusion à toutes les transformations qui guettaient les musées d'histoire naturelle.

– Tiens, Stéphane, regarde cette peau que je suis en train de retanner. Je ne sais pas trop pourquoi je fais ça, d'ailleurs, car ça m'étonnerait que monsieur Fortier veuille l'exposer à nouveau. C'est une peau d'homme. Oui, oui, ne me regarde pas comme ça ! La peau d'un soldat tué en 1733 alors qu'il défendait la ville de Nantes. Avant de mourir, il a dit qu'il léguait son corps à la science et qu'il voulait qu'on fasse un tambour avec sa peau. Mais, manque de chance, si on peut dire, la peau était trop épaisse, alors elle a fini par échouer ici. C'est quand même une sacrée pièce !

Tout en parlant, il exposait son trésor à la lumière, et je demeurais fasciné. Malgré l'apparence de cuir parcheminé, jauni, noirci par endroits, on distinguait nettement toute la forme du corps, les bras, les jambes et ce trou sur la poitrine – peut-être la trace de la balle ? Autour de moi, dans l'ombre, emballées dans des tissus, empilées dans des caisses ou posées à même le sol, devaient s'amonceler bien d'autres curiosités liées à la vie animale ou à la vie humaine. Le silence qui régnait dans la réserve était un faux silence, où l'on pouvait pressentir la rumeur de toutes ces existences dont le musée s'était donné pour tâche de garder la trace.

– Et vous, monsieur Laurent, vous pensez qu'il faudrait exposer à nouveau tout cela ? demandai-je en englobant la pièce d'un geste de la main.

– Oh ! bien sûr, il n'y aurait pas la place ! Et puis, surtout, la muséologie ne va guère dans ce sens, en ce moment. On préfère les « modules pédagogiques », les présentations plus sèches, plus claires... Mais crois-moi, mon petit Stéphane, quand on s'est chargé de conserver la vie, toute la vie – celle des hommes, celle des animaux, mais aussi celle des roches ou des plantes –, on a une grande responsabilité. Il y a une âme dans tous ces signes. Si un jour on n'en tient plus compte, toutes ces choses peuvent se révolter, à leur manière. Je sais que ça peut paraître absurde, mais elles ont un pouvoir. D'ailleurs...

Je ne trouvais pas du tout cela absurde. Monsieur Laurent avait laissé tomber à ses pieds la peau du soldat révolutionnaire et me parlait avec un regard enfiévré. Ainsi, sans l'interroger, avais-je sa réaction pour ce qui concernait le mystère du puma. Je pensais que Paul aurait bien fait de l'écouter, au lieu de le soupçonner d'une machination puérile. Moi-même, je me trouvais ridicule d'avoir espionné comme un gamin monsieur Pelletier, quelques instants auparavant. Et puis, si cela m'effrayait, cela me plaisait aussi infiniment d'imaginer une âme du musée qui palpitait dans l'ombre.

Monsieur Laurent semblait à présent intarissable. À sa suite, je quittai la réserve pour revenir dans son bureau. Je ne quittais pas des yeux le trousseau de clés qu'il avait posé sur une chaise, à côté de son chapeau de velours noir. Il s'éloigna un instant pour vérifier un collage de plumes sur un butor étoilé. Avec une audace que je ne me connaissais pas, je m'emparai du trousseau et fis glisser hors de l'arceau la longue clé de la réserve. Le cœur battant à tout rompre, je la fourrai dans mon cartable et quittai monsieur Laurent sur un bonsoir qui s'étrangla drôlement au fond de ma gorge.

Chapitre 4
Le regard de la momie

Une lumière à la fois froide et douce, d'un bleu un peu laiteux, filtrait par les fenêtres du musée. La lumière des nuits de pleine lune. Ce n'était pas la première fois que je m'aventurais de nuit dans le Muséum. Mais cette fois, il ne s'agissait plus seulement de se faire une délicieuse petite peur. Immobile sur le palier du troisième étage, la porte de notre appartement refermée derrière moi, j'écoutais la respiration secrète de tout cet espace qui m'entourait, la volonté muette de toutes ces présences. Déjà, la lampe-torche dont je m'étais emparé donnait des signes de faiblesse. Tant pis. La clarté de la lune suffirait. En glissant la main au fond de ma poche, je sentis la froideur de la clé. Une longue clé d'autrefois ; tout à fait la clé qu'il fallait pour pénétrer dans la réserve interdite. Quelques mètres seulement m'en séparaient. Mais quand je m'avançai, le parquet se mit à gémir si fort que je crus mon entreprise condamnée. Un long silence. Rien. Alors je me risquai, engageai la clé dans la serrure et la fis tourner avec une infinie lenteur. Voilà. Je repoussai la porte dans mon dos. Aussitôt, l'atmosphère du lieu me fit tressaillir. Y pénétrer dans la journée en compagnie de monsieur Laurent, la lampe au néon allumée, était une chose. Mais se retrouver là, dans l'obscurité presque complète, avait de quoi donner le frisson. Seule une étroite lucarne ménagée dans le toit incliné laissait pleuvoir la nuit lunaire qui baignait d'une clarté presque mauve un carré découpé au centre de la pièce. La peau du soldat nantais était restée étalée là, dans une attitude évoquant tellement la vie qu'elle en mettait mal à l'aise. Au-delà, la lumière s'éteignait peu à peu. À ma gauche, le long du mur, j'effleurai d'abord les bocaux contenant les embryons. On distinguait à peine les formes blanchâtres, les excroissances monstrueuses. Mais un rayon de lune glissant entre deux étagères éclaira tout à coup d'un bleu cru une silhouette horrible et confuse qui me noua la gorge. C'était un fœtus humain que j'avais déjà vu autrefois, mais qui prenait dans cette solitude, dans ce silence et dans cet éclairage surnaturel un aspect effrayant. Un minuscule bras membraneux cachait en partie non pas une, mais deux têtes, nettement découpées par le pinceau lumineux qui les détachait avec une précision irréelle.

Je m'arrachai au plus vite à ce spectacle, heurtant dans l'obscurité des animaux empaillés que je ne pus identifier, mais dont la fourrure sous mes doigts me rassura, après cette vision glacée. Je m'accroupis un instant pour retrouver mon calme. La vitre de la lucarne était à présent agitée de tressautements : un vent violent s'était mis à souffler, apportant avec lui de lourds nuages qui passaient çà et là devant la lune, plongeant la réserve dans la nuit la plus complète. L'odeur si particulière me semblait infiniment plus forte que d'habitude et faisait penser à un encens répandu dans ce temple que je profanais. J'essayai en vain d'actionner ma lampe-torche, mais la pile était définitivement morte. Qu'allais-je devenir si l'éclat de la lune s'évanouissait définitivement ? Depuis quelques instants, les nuages devaient s'amonceler. Je ne distinguais même plus les contours de la lucarne. Le souffle du vent faisait vibrer la vitre, mais la lumière avait disparu. Comment se repérer dans cette pièce si vaste ? Déjà, je ne m'y situais plus du tout. Je demeurai prostré un long moment, espérant en vain le retour d'une lueur qui me permettrait de m'esquiver. Pourquoi avoir voulu ainsi braver l'âme du musée ? Je n'avais plus envie que de fuir et de retrouver la douce chaleur des draps. Le temps passait. Je n'avais plus du tout conscience de l'heure et je craignais à chaque instant que Paul ne se réveille et découvre ma fugue. Au-dessus de moi, l'orage grondait à présent, et le roulement du tonnerre commençait à jouer une musique qui convenait trop bien au film de mes frayeurs.

Il fallait à tout prix tenter quelque chose. À quatre pattes, je me mis à avancer sur le sol, espérant retrouver sous mes mains la trace d'un mur que je pourrais longer ensuite. Quelle sensation horrible de sentir sous mes doigts, ici les écailles d'un caïman, plus loin les formes infiniment recommencées de crânes rangés sur une étagère, plus loin encore la fourrure rêche d'un ours dont j'imaginais la gueule terrifiante ! Tout à coup, je sentis osciller sous la poussée de mon bras une longue pièce de bois poli qui devait être appuyée contre un mur. Je battis l'air dans l'espoir de la rattraper et d'éviter sa chute, mais elle tomba avec une lenteur implacable. Heureusement, la poussière du sol amortit un peu le son mat, qui fit résonner aussitôt les parois de la réserve. Quel sacrilège avais-je commis ? En tâtonnant dans les ténèbres pour essayer de comprendre ma bêtise, je sentis sous mes mains une autre forme, comme une espèce de barque de bois doux. Cette dernière était restée dressée, et j'y promenai les doigts avec d'infinies précautions, pour ne pas la faire chuter à son tour. C'était bien comme une barque, aux contours arrondis. La forme était creusée. À l'intérieur, ma main s'arrêta bientôt sur un morceau de bois sans doute, très sec et dur. En remontant, je sentis un renflement, puis un autre segment un peu plus large. Au-delà, cela s'élargissait encore, et mes doigts découvrirent avec stupeur la forme d'autres doigts, collés contre ce tronc bizarre. Comme traversé par une décharge électrique, je me rejetai en arrière. Ce n'était pas une barque que j'avais renversée, mais le fameux sarcophage dont Paul m'avait tant parlé quand j'étudiais l'Égypte, en sixième ! Un sarcophage que Frédéric Cailliaud avait rapporté en 1847 et qui était resté longtemps l'orgueil du Muséum. À l'intérieur dormait une momie parfaitement conservée. Je la revoyais tout à fait dans ma tête, très mince, un bras replié sur l'épaule, l'autre allongé le long du corps. Mon père me l'avait montrée une seule fois, mais chaque détail était resté en moi. Le visage surtout, si noir et si ridé, parcheminé, avec une bouche mince et comme dégoûtée, le nez aplati, et surtout ce regard lourd de reproche. Paul avait eu beau m'expliquer qu'il s'agissait d'yeux artificiels, je ne l'avais pas cru. Souvent, la nuit, quand je sortais d'un cauchemar ou que je tremblais de fièvre, j'avais l'impression que le regard de la momie me guettait au fond de ma chambre, et je cherchais l'interrupteur de la lampe en tremblant.

Et voilà que j'avais osé porter les mains sur cette dépouille redoutée ! Dans mes rêves, j'avais toujours imaginé le corps de la momie avec une idée de chaleur, d'humidité. Mes doigts n'avaient senti qu'une sécheresse de bois mort, mais sous cette froideur apparente, quelle sourde colère n'avais-je pas éveillée ? Déjà je pensais que la momie en voulait à mes contemporains de l'avoir reléguée dans la réserve du musée, sous prétexte qu'elle constituait la seule pièce égyptologique. Alors, quelle allait être sa réaction si des mains inconnues osaient se porter sur elle ?

L'orage à présent se déchaînait sur la ville. À l'obscurité continue s'ajoutait un grondement de plus en plus oppressant, et qui semblait cerner les murs du Muséum. C'était comme une volonté sourde qui m'isolait du reste du monde. Je me sentais si seul au milieu de toutes ces présences que j'avais longtemps cru amies, et qui paraissaient maintenant se révolter contre moi, contre tout.

Le Muséum devenait un grand bateau perdu dans la tempête, et j'étais comme un mousse ballotté dans les vagues.

Soudain, un éclair succéda au tonnerre, éclaboussa la réserve d'un flamboiement mauve. Je ne pus retenir un cri… Dans le sarcophage, la momie avait disparu.

Chapitre 5
Le palais des glaces

Par quel miracle me fut-il possible de fuir la réserve, d'en refermer la porte à clé, puis de me retrouver dans mon lit sans éveiller âme qui vive ? Par quel autre miracle finis-je par trouver le sommeil ? Je n'en sais rien. Mais je sais que ce sommeil fut le plus tourmenté, le plus sombre, le plus chargé de regards menaçants que j'aie jamais traversé. Levé dès l'aube, le lendemain matin, j'attendis en rongeant mon frein que Paul se réveille.

– Déjà debout ? Et en plus tu as fait le café ? Tu t'améliores !

Sous la moquerie, il y avait dans le ton de Paul une tendresse qui ne m'échappa pas. Depuis quelque temps, nos périodes en tête à tête s'étaient sérieusement limitées, encombrées de silences pesants, de gestes gauches. Je le regardai avaler son café brûlant. La boule dansait dans ma gorge, mais il fallait parler à tout prix :

– Tu sais, Paul...

– Alors, comme ça, c'est à nouveau Paul ? Eh bien, disons Paul, puisque Paul il y a !

Sa bonne humeur me mettait au supplice, et ne favorisait guère les révélations.

– Tu promets de ne pas me poser de questions ?

Paul haussa les épaules, semblant manifester qu'il se plierait à mes fantaisies.

– Eh bien, repris-je en m'étranglant, il faut absolument que tu viennes dans la réserve...

Cette fois, il fronça le sourcil, quittant le petit ton badin qu'il affectait depuis son réveil.

– Dans la réserve ? Comme ça, en pyjama ? Et pour quoi faire, grands dieux ?

Mais ma mine devait être assez désespérée, assez implorante, et, en avalant sa dernière gorgée de café, il finit par concéder :

– Enfin, puisque tu insistes ! Chose promise...

Quel soulagement ce fut de l'entendre partir à la recherche de ses clés, puis de le voir me précéder dans le couloir encore obscur ! Certes, je redoutais sa réaction devant la disparition de la momie, mais c'était comme un grand poids qui allait tomber de mes épaules. Et puis, il allait enfin se passer quelque chose, quelque chose de grave, que Paul ne pourrait plus considérer comme une mauvaise plaisanterie, quelque chose qui l'obligerait peut-être à comprendre qu'on ne pouvait braver impunément l'âme du Muséum. Je retins mon souffle pendant qu'il engageait la clé dans la serrure, puis appuyait sur l'interrupteur. J'avais dû fermer les yeux.

– Alors, tu dors ?

Puis, plus doucement, il ajouta :

– Nous y voilà ! Vas-tu m'expliquer, maintenant ?

– Regarde ! dis-je en me dirigeant vers le sarcophage.

– Ah ! Tu te souviens ? C'est cette sacrée momie de Frédéric Cailliaud qui t'intrigue à nouveau ?

Mais j'entendais ces paroles comme à travers un voile de brume. Stupéfait, j'avançais comme un somnambule : avec sa mine dégoûtée, son regard vitreux, la momie me regardait. Elle avait repris sa place et semblait ne l'avoir jamais quittée. C'en était trop. Je sentis mes jambes vaciller et je chutai sur le sol, sans connaissance.

Quand je me réveillai, Paul était à mon chevet et me tapotait la main avec une espèce de fermeté très douce.

– Ne te fatigue pas ! m'ordonna-t-il comme j'essayais d'ouvrir la bouche. Je crois que toutes ces histoires de musée t'ont beaucoup perturbé, ces derniers temps. Tu as des matières importantes, aujourd'hui ?

Je fis allusion en balbutiant au contrôle de maths qui m'attendait ce matin-là.

Paul eut un geste évasif :

– De toute façon, je crois que tu aurais eu du mal à faire des merveilles, non ? Tu vas rester là bien gentiment aujourd'hui, tâcher d'être paisible, lire un bon bouquin. Et puis je vais rendre à Savard cette clé que j'ai trouvée dans ta poche, et nous n'en parlerons plus.

Comme je le regardais d'un air interloqué, il posa un doigt sur sa bouche, s'éloigna vers la porte et soudain, se retournant, comme traversé par une idée soudaine :

– Ça te dirait, si dimanche on allait ensemble à la foire Saint-Romain, comme au bon vieux temps ?

La foire Saint-Romain ! Depuis trois ans, Paul ne m'y avait plus emmené. Bien sûr, j'avais maintenant l'âge d'y aller avec des copains, après les cours. Mais, sans me l'avouer, j'avais gardé la nostalgie de ces années où Paul m'accompagnait.

Il commençait toujours par m'offrir une barbe à papa de ce rose fluo qui me semblait la couleur même de la fête. Pendant que les filaments sucreux commençaient à s'effilocher et à me poisser les doigts, nous passions devant les attractions, les manèges. Il y avait eu les années des manèges à pompons, des chevaux de bois sur fond de limonaire. Et puis, au fil des ans, j'avais osé les montagnes russes, les chenilles hurleuses, le train fantôme. Après, il m'entraînait à la taverne de l'Ours noir : dans une espèce de grande cabane en bois, on y mangeait du porcelet grillé avec des frites, sur des nappes en papier, au milieu d'une rumeur de chopes de bière entrechoquées, de rires forts, de sonos assourdies.

Ce fut un vrai bonheur d'attendre le dimanche soir. Paul m'emmena à pied, comme il se doit, et juste à la bonne heure : celle où les premières lampes allumées font la nuit bleue, dans la douceur d'octobre. Depuis les rues en pente de la rive droite, on apercevait les lumières de la fête. Arrivés sur le pont qui enjambait le fleuve, nous nous arrêtâmes sans nous concerter. Les coudes appuyés sur le parapet, c'était bon de regarder toutes ces lueurs féeriques qui se reflétaient dans l'eau. Du vert, du bleu électrique, mais surtout du rouge et du jaune, des couleurs chaudes enflammant le soir. Les lampes claires épousaient les contours de la grande roue, des montagnes russes, du grand huit, dessinaient des lignes épurées, légères, pendant qu'au ras du sol foisonnaient les quinquets bariolés des loteries, des manèges en tout genre, des marchands de gaufres et de berlingots. Plus question de Muséum, de déménagement. Tout se ressemblait, puisqu'il y avait encore la foire Saint-Romain ! Cette fois, Paul ne m'offrit pas en préambule une barbe à papa, mais une pomme d'amour ruisselante à souhait d'un sucre rougeoyant où venaient danser les éclats de la fête. Notre premier arrêt fut pour le jeu de tiercé. Une tradition, presque un rite. Chaque joueur assis sur un tabouret devait lancer des boules qui tombaient dans des trous numérotés et faisaient avancer un cheval. Le speaker commentait avec fièvre la progression des montures. Sans voir son cheval (il fallait rester le regard rivé sur les boules), on entendait l'évolution de la course. Combien de fois nous étions-nous retrouvés côte à côte, dans un état de surexcitation intense ? Un jour, j'étais arrivé premier, gagnant une montre-chrono qui avait fonctionné longtemps, à la surprise de Paul. Mais cette fois, en dépit d'une fièvre toute particulière, notre performance fut des plus médiocres. Jamais dans le tiercé de tête, nous arrivâmes presque ensemble, respectivement sixième et septième.

– Tiens, pour nous consoler, je t'invite au train-fantôme ?

Mais je pressai la manche de Paul :

– Non, tu sais, c'est un peu idiot, mais ce soir je n'ai pas trop envie.

Il hocha la tête en signe de compréhension. Après les mystères du sarcophage, je n'avais pas besoin de frayeurs supplémentaires.

– Et la grande roue ? reprit mon père.

La grande roue ? C'était pourtant vrai. Nous n'y étions jamais montés. J'avisai cette grande prêtresse de la foire Saint-Romain qui protégeait majestueusement ses sujets. Les petites ampoules jaune pâle arrondissaient très haut dans le ciel l'ample mouvement des nacelles. Aucune exclamation hystérique ne venait de là. D'ailleurs, ce n'était plus vraiment un manège, plutôt une manière de contempler la fête en prenant la distance et l'élévation nécessaires. Pourquoi pas la grande roue ?

Ce fut tout de suite très bon de se blottir dans le petit habitacle aux côtés de Paul. J'avais l'impression de retrouver des sensations anciennes, comme quand j'avais quatre ou cinq ans et que je m'endormais sur ses genoux. La roue s'ébranla en douceur. Elle s'arrêtait par paliers, comme pour mieux permettre d'embrasser le spectacle nocturne. Peu à peu, les lumières se mêlaient à nos pieds, les cris et les sonos se mélangeaient. Tout devenait un peu vague, un peu vertigineux aussi. Notre barque ronde arriva bientôt tout en haut de sa course. Là, nos regards quittèrent la foire pour se porter vers le fleuve, et plus loin la rive droite. Tout au fond, on apercevait les hublots allumés de quelque cargo dans le port. Au-dessus, les raffineries lançaient dans la nuit de lourds nuages sourds, sur un ciel que les lumières de la ville rendaient mauve orangé. Sur notre droite, la cathédrale et toutes les églises de la ville étaient illuminées, elles aussi.

– Et le Muséum, Paul ? Est-ce que tu crois qu'on peut le voir d'ici ?

– Mais oui, regarde, presque en haut de la colline ! Tu vois cette lumière ?

– Une lumière ? Mais je croyais que les Dubois étaient de sortie, aujourd'hui ?

— Tu as raison, ils sont chez leur fils. Mais à ton avis, qui peut bien venir ainsi au musée en douce ?
— Monsieur Laurent ?

Mon père baissa les yeux en signe d'assentiment. Pauvre monsieur Savard ! Je l'imaginais bien dans son bureau, ravi sans doute d'avoir le Muséum pour lui tout seul, un peu mélancolique aussi à l'idée de devoir s'arracher à ce lieu dans deux mois. Voilà maintenant qu'il y revenait le dimanche soir, moins pour y travailler sans doute que pour y prolonger un rêve condamné.

Par petits à-coups réguliers, la grande roue nous ramena lentement sur le plancher des vaches. L'air était bon et nous marchions en pull-over, libres, ensemble pour la première fois depuis que les événements du Muséum avaient commencé à entamer notre complicité. Je me souviens avoir voulu garder chaque instant de cette soirée, comme si j'avais senti que ce bonheur pouvait à tout instant s'effacer.

— Alors, c'est d'accord ? On termine à l'Ours noir ?

Oui, Paul, il faudrait terminer à l'Ours noir, il aurait fallu marcher à l'infini, déambuler toujours parmi les cris, les rires, les lumières, et ne plus rien changer.

En attendant l'Ours noir, Paul me proposa un tour dans le palais des glaces, et je n'osai pas lui refuser. Pourtant, j'avais toujours éprouvé une appréhension à pénétrer dans ce labyrinthe où l'on voyait les gens se cogner aux parois vitrées, chercher en tâtonnant l'issue avec un sourire qui se crispait peu à peu, se transformait parfois en un rictus d'agacement vaguement angoissé. Mes premiers pas dans cet univers à la fois lumineux et clos ne dissipèrent pas mes craintes. Très vite, je perdis Paul de vue et me cognai le front. Autour de moi, tout près, mais séparées par les murs de verre, des silhouettes à demi somnambules cherchaient un sens à ce voyage absurde qui tenait du mauvais rêve. Je me sentais oppressé, dans cette clarté verdâtre qui semblait isoler le palais des glaces du reste de la fête. Je devais être particulièrement fébrile et maladroit, car je voyais les gens s'extraire un à un de la prison de glaces, tandis que je tournais en rond. Sorti depuis longtemps, Paul, campé devant l'étal du marchand de gaufres, me faisait des grands signes explicatifs, mais je revenais sans cesse m'engluer au centre du dédale. J'avais la sensation d'abandonner peu à peu la réalité, de me laisser glisser dans un cauchemar éveillé qui m'emportait davantage à chaque geste manqué. Une autre silhouette maladroite s'évertuait non loin de moi, comme une sorte de double qui ne faisait qu'augmenter ma frayeur en se laissant prendre au même sortilège. Je n'osais tourner les yeux vers ce compagnon d'infortune, de peur de me laisser gagner par son propre affolement. Mais soudain, notre manège hésitant d'abeilles prisonnières nous mit face à face, et je ne pus m'empêcher de pousser un cri : l'autre, c'était monsieur Savard.

Chapitre 6
Les oiseaux fous

Pas plus que les autres, ce mystère-là ne fut élucidé. Comme pour le sang du mouton, Paul crut-il vraiment à une mauvaise farce, ou à une lumière qu'on avait oublié d'éteindre ? Quant à la disparition de la momie, j'en avais été le seul témoin.

Il me sembla néanmoins que mon père avait changé d'attitude. Il ne me fit pas part de ses réflexions, mais ce silence était déjà l'indice d'un nouvel état d'esprit. Il connaissait la méticulosité discrète de monsieur Laurent, la conscience professionnelle parfois envahissante du père Dubois. Difficile d'imaginer qu'ils avaient pu laisser tout un étage du Muséum allumé. Lui-même ne quittait jamais le musée sans d'ultimes vérifications. Alors ?

Alors, la petite parenthèse éblouie de la foire Saint-Romain fut bientôt oubliée. Notre belle complicité retrouvée s'évanouit de nouveau, laissant place à une gêne chaque jour plus oppressante. Pour moi, depuis l'épisode de la momie, tout était différent. Bien sûr, le Muséum ne m'en fascinait que davantage, bien sûr, j'y avais toute mon enfance. Mais pour rien au monde, je ne m'y serais aventuré la nuit en cachette, désormais. Je savais. Je savais que le musée avait une volonté. Je voyais cet esprit de révolte dans le regard faussement absent de chaque animal. Le soir, en rentrant du collège, je n'avais même plus envie de m'arrêter dans l'escalier en colimaçon, et je quittais monsieur Laurent au bout de cinq minutes. Ce n'était pas vraiment de la peur, plutôt le sentiment qu'il fallait se montrer le plus discret possible, ne pas provoquer la colère du Muséum. Paul espéra un moment que ce comportement nouveau était dû à de bonnes résolutions scolaires, et déchanta quand il me trouva un soir studieusement installé à mon bureau, mais dévorant le volumineux premier tome des aventures complètes de Sherlock Holmes.

La fin du Muséum approchait. Le grand déménagement était prévu pour les derniers jours de novembre. Mais j'attendais. Je savais que d'ici là des choses se passeraient. Je ne fus pas vraiment surpris d'être réveillé un jour par un long cri désolé de Paul résonnant dans la salle des oiseaux, juste au-dessous de ma chambre. Sans même prendre le temps d'enfiler des pantoufles, je me précipitai vers l'étage inférieur. Le spectacle qui m'attendait dans la longue salle avait de quoi couper le souffle.

Le jour se levait à peine sur ce vaste couloir livide, éclairé d'un seul côté par d'immenses verrières latérales. Mais le silence parfait qui régnait toujours dans ce lieu avait fait place à un invraisemblable tohu-bohu. Piaillements aigus, jacassements affolés, hululements d'outre-tombe, roucoulements précipités, tous les cris d'oiseaux se confondaient. Mais, plus encore que leurs cris, les mouvements insensés de centaines d'oiseaux envahissant l'espace donnaient la sensation d'un cauchemar.

– Mais bon sang, d'où peuvent-ils bien venir ? hurlait Paul, grimpé sur un escabeau, essayant en vain d'ouvrir un pan de la verrière dont le mécanisme rouillé refusait d'obéir. Il écarta d'un geste rageur un pigeon audacieux qui s'était posé sur son épaule avec une insolente familiarité. Jamais je n'avais vu mon père dans cet état. Ce n'était plus de la colère mais une sorte d'exaspération nerveuse et désespérée qui avait gagné son regard de savant myope. Mes mains protégeant mes yeux, j'osais à peine regarder cette scène irréelle. On eût dit que tous les oiseaux de la ville, tous les pigeons, tous les moineaux, toutes les pies, et même des oiseaux nocturnes échappés de je ne sais quelle grange avaient envahi le musée.

À quelques mètres de moi, un essaim de corneilles funèbres s'attaquaient avec une violence inouïe à la petite vitrine sur laquelle on pouvait lire : *Pour naturaliser un oiseau.* Elles eurent tôt fait de taillader la glace à coups de bec. Ivres de cette première victoire, elles se précipitèrent sur les yeux en verre, le mastic, le savon arsenical, la filasse de chanvre. Aussitôt, tout ce matériel de naturalisation fut dépecé, disséminé aux quatre coins de la pièce, avec des croassements de triomphe.

Dans un effrayant tapage, un peloton indistinct de merles et de pies s'en prenait pour sa part à la vitrine où étaient exposés les œufs. Bientôt, sous leurs assauts répétés, les œufs bleutés mouchetés des sittelles, les œufs rosés des troglodytes et ceux, plus bruns, des sternes et des pingouins furent jetés sur le sol et sauvagement émiettés.

Plus encore que le mystère de leur présence, plus que leur pullulement, c'était cette sourde volonté des oiseaux qui était angoissante. Il n'y avait pas de hasard apparent dans leur rassemblement, dans leur hostilité dévastatrice.

En regard, le silence d'ordinaire si majestueux et calme de leurs camarades empaillés prenait un nouveau pouvoir. En quelques minutes, la plupart des vitrines furent brisées, puis colonisées par les envahisseurs. Une merlette sans scrupules tournait autour du savacou huppé. Sous sa huppe noire ébouriffée, ce dernier semblait encore plus coléreux que d'habitude. Une petite troupe de pigeons avait trouvé refuge entre les pattes des quatre vautours exposés sur un horizon de canyon désertique. Mais les corneilles avaient à présent décidé d'investir la vitrine des manchots. En dérapant sur la banquise de carton, elles gagnèrent le trois-mâts représenté au fond de la scène et commencèrent à becqueter les voiles, qui tombèrent bientôt en charpie. Des étourneaux voletaient nerveusement autour des gerfauts blancs, des aigles royaux, des faucons pèlerins. C'était comme si tous les oiseaux vivants voulaient réveiller leurs camarades immobiles. Curieusement, les couleurs souvent très vives des oiseaux empaillés contrastaient avec les plumages ternes des merles, des moineaux, des étourneaux ou des pigeons. Le vert phosphorescent des oiseaux-mouches, le bleu électrique des martins-pêcheurs, les rouges et les jaunes éclatants des perroquets semblaient tenir un étrange langage : *Oui, nous sommes au-delà de la mort, et peut-être plus vivants que vous!*

L'immobilité, la perfection orgueilleuse des oiseaux du musée devenait au fil des minutes de plus en plus méprisante pour leurs collègues déchaînés. Alors, ces derniers se vengeaient en saccageant tout sur leur passage. La pièce entière était à présent constellée de fientes. Des plumes volaient partout dans l'atmosphère. Ce n'étaient que piétinements griffus, claquements d'ailes, et dans le petit jour blafard cette excitation dévastatrice était bien plus terrorisante encore que le regard de la momie.

Devant l'agressivité de ces intrus, j'avais d'abord craint pour Paul et pour moi. Mais c'est inutilement que nous nous protégions de nos bras. Les oiseaux nous ignoraient. Ils accomplissaient le plus sauvagement possible une tâche qui demeurait mystérieuse. Étaient-ils à présent satisfaits ou dépités ? En tout cas, ils décidèrent tout à coup que c'en était assez. En relevant la tête tout en haut de la verrière, nous les vîmes se bousculer dans une tempête de piaillements aigus et de plumes arrachées : il y avait bien là un trou que la hauteur de la pièce rendait minuscule. Par quel mystère ou quel acharnement avaient-ils pu se livrer un passage dans cette paroi de verre infiniment plus épaisse que celle des vitrines ?

Cette question-là aussi devait rester sans réponse. Mais, quand nous nous retrouvâmes tous les deux dans la salle dévastée, empuantie, parsemée d'éclats de verre, d'oiseaux empaillés renversés, traînant sur le sol dans des attitudes désolées, je crois que le même frisson de dégoût et d'horreur nous saisit. En reposant tant bien que mal une chouette effraie sur son socle, Paul murmura entre ses dents :

– Je crois qu'il faut abandonner ce musée au plus vite !

Chapitre 7
La dernière colère

Pour la première fois, Paul avait éprouvé cette angoisse qui était la mienne depuis de longues semaines. Certes, il ne croyait pas à une malédiction, ni à cette colère du Muséum que je sentais palpiter. Mais tant de signes bizarres, de coïncidences plus ou moins explicables avaient fini par le mettre mal à l'aise. Sa réaction était toutefois à l'opposé de la mienne. Il était désormais persuadé qu'il fallait hâter les projets de transfert, quitter le Muséum avant les dates prévues. Pour ma part, je restais convaincu que seul l'abandon de ce déménagement pourrait calmer les mauvais esprits qui planaient sur nous.

Ce fut le début d'une période sinistre.

Avec une frénésie souvent coléreuse, Paul se mit à bousculer les événements. Il harcelait l'administration de la ville, se heurtait à la mauvaise volonté des fonctionnaires municipaux qui ne comprenaient pas cet empressement excessif. Il revenait de ces joutes avec une mauvaise humeur perpétuelle qui s'abattait à tout instant sur le père Dubois et, surtout, sur monsieur Laurent. Il faut dire que devant l'évolution des événements, ce dernier ne se gênait plus pour dire ce qu'il avait sur le cœur.

Des disputes éclataient à tout moment sur le palier du troisième étage. Les mots de « trahison » et d'« insolence » revenaient régulièrement.

Un samedi matin, je surpris même une violente altercation entre mon père et monsieur Pelletier, à l'entrée de la salle des oiseaux.

– Jamais mon aïeul n'aurait laissé faire une chose pareille ! chevrotait l'éternel étudiant. On sait ce que c'est, ce nouveau musée ! Vous allez laisser détruire la moitié des collections ! Vous n'avez pas le droit !

Paul était livide.

Il avait toujours attaché une grande importance à la mémoire de ses prédécesseurs. Et voilà qu'on l'attaquait sur ce terrain si sensible ! Au-dessus de monsieur Pelletier, le portrait de son ancêtre toisait mon père, les bras croisés. L'ancien directeur semblait approuver les paroles de son arrière-petit-fils.

C'en était trop pour Paul, dont les nerfs avaient déjà été mis à rude épreuve, la veille au soir, lors d'une réunion avec l'attaché culturel de la mairie. Je le vis soudain grimper sur une chaise, décrocher le lourd tableau sans ménagement et le glisser dans les mains d'un monsieur Pelletier pétrifié :

– Tenez, le voilà, votre aïeul ! Et maintenant, foutez-moi la paix, tous les deux ! Remportez ça chez vous, et surtout n'oubliez pas de regarder tous les soirs si vos moustaches ont bien exactement la même longueur !

Éberlué, monsieur Pelletier déposa le portrait contre un mur, puis battit en retraite en maugréant, assurant à mon père qu'il ne l'emporterait pas en paradis. Ce dernier incident ne fit que renforcer Paul dans son intention de quitter le musée au plus vite.

Quelques jours après, il me confia avec un petit air de triomphe :

– Je crois que tout sera fait le quinze novembre !

Dès lors, le Muséum devint le cadre d'une effervescence que je n'étais pas le seul à trouver déplacée. Le public n'eut plus accès à la visite.

Chaque jour arrivaient d'immenses caisses de bois que des employés de la ville égrenaient au long de toutes les salles, à tous les étages. Le cœur gros, je voyais les merveilles de mon enfance quitter les vitrines. L'espérille et l'avanduré, mais aussi le marbre jaspé d'Algérie, l'onyx rubanné de contre-passe, les noix de Boncoulier, les griffes de girofles disparaissaient tour à tour. Toutes ces choses reverraient-elles le jour dans le nouveau musée ? De toute façon, ce ne seraient plus vraiment les mêmes : en quittant l'escalier où elles m'avaient fait rêver tous les soirs, c'était comme si elles me devenaient étrangères.

Pour les animaux empaillés, les perspectives étaient pires encore. Paul avait annoncé que la moitié des mammifères et les deux tiers des oiseaux seraient mis au rancart, ainsi que toutes les merveilles de la réserve.

– Tu comprends, pendant des années, on s'est beaucoup trop contentés d'accumuler n'importe quoi !

Je ne devais pas avoir l'air très convaincu. Je l'interrogeais sur le sort des décors mis en scène, la banquise, la ferme normande, la forêt. Les réponses de Paul restaient bien évasives.

Pendant tous ces déménagements, le père

Dubois et monsieur Laurent restèrent vigilants, malgré leur tristesse. Le concierge suivait de près les employés, bougonnant à chaque éraflure du parquet, à chaque trace sur les murs. Quant à monsieur Laurent, il n'abandonnait à personne le soin de calfeutrer amoureusement dans les caisses toutes ces choses aimées qui allaient s'engloutir. Quel crève-cœur ce fut, le jour où je découvris la salle des insectes entièrement nue : plus aucun chatoiement sur les ailes des lucanes et des papillons. Sans ces bijoux magiques, sans ces rêves d'Afrique ou d'Océanie, le musée n'était plus qu'un temple désert où je traînais comme une âme en peine.

Vint ce maudit samedi quinze novembre que je redoutais tant.

Paul avait retrouvé en partie sa sérénité à l'approche de la date fatidique. On devait, ce jour-là, inaugurer officiellement les bâtiments du nouveau musée. Toutes les caisses étaient prêtes. Elles iraient rejoindre leur future destination quelques jours après. Notre propre déménagement ainsi que celui du couple Dubois interviendraient une quinzaine plus tard. Paul avait fini par convaincre le père Dubois en lui montrant combien son nouveau logement serait plus confortable. Dans sa volonté de conciliation, mon père avait même fini par trouver un terrain d'entente avec monsieur Laurent. Ce dernier abandonnerait sa tâche de taxidermiste, mais il prendrait en main tous les rapports avec les jeunes écoliers visiteurs du musée. Malgré l'immense peine qu'il éprouvait à quitter son bureau, monsieur Laurent s'était laissé faire : j'étais bien placé pour savoir qu'il adorait les enfants. Plus fort encore, mon père avait fait amende honorable auprès de monsieur Pelletier : il s'était rendu chez lui, lui avait présenté ses excuses, l'assurant par ailleurs que l'inauguration du nouveau Muséum n'aurait pas de sens sans la présence du dernier descendant d'Auguste Pelletier !

Je me souviendrai toute ma vie de l'atmosphère étrange qui régnait dans la ville en ce quinze novembre. La veille, un froid très vif s'était abattu sur la région. Une petite neige avait même fait un instant la joie des enfants, mais elle s'était vite arrêtée. Les flocons s'étaient figés en larmes de glace. Le lendemain, le gel avait persisté, mais il s'était noyé dans un brouillard opaque qui plongeait la ville dans un gris-bleu à la fois triste et féerique.

Paul s'était fait très beau et m'avait fébrilement préparé une tenue présentable. Il m'avait bousculé dans la salle de bains, gémissant que nous ne serions jamais prêts à l'heure. Puis il avait tambouriné à la porte des Dubois. Devant le Muséum, monsieur Laurent nous attendait déjà. Nous nous étions enfournés tous les cinq dans la vieille Rover familiale. En plein jour, les voitures roulaient phares allumés. Tous ces halos jaunâtres se croisaient, se diluaient dans la brume compacte. Seuls Paul et le couple Dubois tenaient conversation. Près de moi, monsieur Laurent gardait un silence mélancolique. Quand nous traversâmes le fleuve, il me tapota la jambe en signe de complicité. Déjà se dressait devant nous la structure de verre et de métal bleu roi du nouveau musée.

Morne journée ! Il fallut tout d'abord attendre les officiels en déambulant dans le hall immense où nos pas résonnaient. Quelques plantes vertes hâtivement rassemblées pour la circonstance soulignaient la nudité du lieu et le caractère artificiel de la rencontre. Monsieur Pelletier arriva parmi les premiers, avec un grand chapeau et une lavallière à l'ancienne mode. Paul lui serra les mains avec une effusion inhabituelle, mais je n'étais pas dupe. Ceux qu'il espérait surtout, ceux qu'il redoutait, c'étaient les autres, les puissances mystérieuses dont les noms volaient de bouche en bouche : le maire, le préfet, le président du conseil régional. Quelques journalistes rassemblés évoquaient même la venue d'un directeur de cabinet ! Quand les grosses limousines de tous ces puissants commencèrent à se ranger sur le parking, Paul se précipita avec un sourire assez niais que je ne lui connaissais pas. J'étais plus fier de lui à la foire Saint-Romain. Il y eut d'abord un long brouhaha, puis les discours se succédèrent.

Nécessité d'innover, ouverture sur l'Europe, unités pédagogiques appropriées : les mêmes expressions ronflantes revenaient, d'un orateur à l'autre, avec de temps en temps des intonations appuyées suivies d'applaudissements presque mécaniques. Je n'écoutais pas. Le bourdonnement de ces phrases creuses me venait aux oreilles comme une musique lancinante. Au-delà des baies vitrées, le fleuve et la ville tout entière, sur la rive opposée, baignaient dans le brouillard gelé. Une espèce de fumée sourde et triste ensommeillait l'espace. Je croisais le regard absent de monsieur Laurent, qui me faisait à chaque fois un petit clin d'œil. Quant à monsieur Pelletier, souvent évoqué à travers son aïeul par les différents intervenants, il affichait entre deux sourires polis une moue dubitative qui en disait long sur son manque d'enthousiasme.

Mais Paul ne voyait rien de tout cela. À midi, il nous invita au restaurant, les Dubois, monsieur Laurent, monsieur Pelletier et moi : « Vite fait, un bistrot très sympa, à deux pas d'ici ! » À table, il parla tout seul, ravi des réactions officielles. L'après-midi s'annonçait chargée. Les radios, la télévision régionale, la visite détaillée des locaux…

– Ne partez pas comme ça, j'aurai besoin de vous tous !

En fait, il aurait très bien pu faire face à toutes les sollicitations lui-même. Mais il tenait à maintenir autour de lui cette petite équipe que nous devions former dans son esprit. Avait-il oublié tous les événements passés, tous les mystères, toutes les colères de ce Muséum qu'il appelait déjà « l'ancien » alors que pour le père Dubois, pour monsieur Laurent, monsieur Pelletier et moi, il restait le seul vrai Musée d'histoire naturelle ?

Le soir tombait sur la ville quand il s'arracha enfin du micro d'une dernière radio locale.

– On ne peut pas se quitter comme ça, ce soir ! Si vous passiez tous prendre un vin chaud chez nous ? Ce sera une façon de dire adieu à l'ancien Muséum !

Malgré toutes les lumières, la purée de pois était plus dense encore que dans la journée, plus humide aussi, d'une mollesse soudaine qui vous saisissait désagréablement. Je frissonnai, fatigué par cette journée ennuyeuse, mais envahi aussi d'un trouble vague, d'une sensation de malaise et de fièvre.

– Eh bien ! Vous n'êtes pas loquaces ! s'exclama Paul quand nous nous fûmes entassés dans la Rover.

Madame Dubois lança bien quelques banalités météorologiques, mais un silence pesant retomba bientôt sur notre étrange groupe. Libéré des mondanités officielles, Paul dut sentir enfin ce que nous éprouvions, car il se tut à son tour. J'ai gardé en moi chaque seconde de ce curieux retour dans le brouillard. Ce n'était plus de la gêne que nous éprouvions, mais un mélange de tristesse et de culpabilité que mon père devait éprouver à son tour lorsqu'il dit doucement, comme pour lui-même :

– Oui, on pourra dire qu'on a passé quand même de bons moments, dans ce vieux Muséum !

Pensait-il à ma mère, comme je pensais à mon enfance, à mes premiers pas devant l'ours blanc, le tamanoir ? Et à quoi donc pensaient les autres, chacun rendu à ses souvenirs particuliers, à sa mémoire suspendue au creux du brouillard ?

Personne ne prêta attention à madame Dubois quand elle lança :

– Ça fait trois voitures de police ! Avec ce temps, il doit y avoir des accidents !

Mais, quelque part, sa réflexion dut pénétrer en chacun de nous, car je crois bien avoir senti dès lors, au-delà de la nostalgie, une angoisse inexplicable qui commença à nous étreindre. Nous longeâmes les bâtiments du centre hospitalier, dont les petites fenêtres allumées ressemblaient aux hublots des cargos dans le port. Plus nous approchions de notre quartier, plus se manifestaient les signes d'une agitation inhabituelle. Des sirènes déchiraient la nuit, des lampes bleues tournoyaient en tous sens. Un groupe de policiers détournait la circulation, vociférant contre la lenteur des automobilistes. Inquiet, Paul descendit sa glace pour indiquer que nous désirions rentrer chez nous. L'officier de police s'approcha, se radoucit quelque peu devant les propos de mon père et, sans nous livrer davantage d'explications, nous dit :

– Laissez votre voiture ici. Et ne vous approchez pas trop !

Nous n'avions pas envie de le questionner. Chacun de nous sentait que ce que nous avions à découvrir nous concernait trop pour être enfermé dans une petite phrase. Deux immenses voitures de pompiers barraient la rue. Des bouffées de fumée rosies par les lumières de la ville se mêlaient au brouillard et donnaient à la scène l'atmosphère d'un mauvais rêve. Des claquements secs, des bruits métalliques, des cris entrecroisés se répondaient sans effet : au-dessus, un souffle ininterrompu déferlait comme la rumeur d'une cascade géante. Nous avancions en somnambules, et soudain notre petit groupe s'arrêta, pétrifié. Devant nous, le Muséum tout entier était la proie des flammes.

De toutes les fenêtres du musée sortaient de longues flammes dont les lueurs se diluaient aussitôt dans la brume. Deux échelles restaient dressées contre la paroi, mais les pompiers en redescendaient, tandis que deux lances tragiquement inefficaces continuaient à éclabousser la façade. Mû par une force incontrôlable, je me précipitai vers le musée. J'entendis dans mon dos la voix de Paul hurler mon nom, mais il était trop tard.

Déjà plongé dans la fournaise, je voyais s'ouvrir devant moi l'escalier, resté entier, comme par miracle, comme s'il m'attendait.

Quelque chose m'appelait vers le troisième étage, une lumière plus vive encore que les flammes. Des nuages de fumée me faisaient suffoquer, l'incendie grondait comme le tonnerre, mais rien ne pouvait m'arrêter. Les oiseaux s'embrasaient sur mon passage, mais il me fallait voir, atteindre le secret, là-haut. Les cloisons de la réserve flambaient.

Un cercle étrange, une frontière d'or dansait autour de la momie dressée. Elle paraissait détachée, absente, suspendue dans l'air. En même temps, l'incendie tout entier semblait naître de ce rayonnement étrange qui m'attirait malgré moi. Je m'approchai encore. Soudain, la momie bascula, s'écroula face contre terre dans un vacarme déchirant où je crus percevoir comme un ricanement. La lueur avait disparu, le corps entier s'était pulvérisé dans cette chute. À mes pieds, quelque chose roula ; je m'en emparai sans prendre le temps de regarder ce que c'était. La poutre centrale du grenier s'écroula dans un craquement de fin du monde.

Je n'eus que le temps de m'écarter, puis de me précipiter au hasard de la fumée vers des cris insistants : un pompier courageux était remonté et me tendait les bras du haut de l'échelle appuyée à l'embrasure d'une fenêtre mansardée. Il me saisit, m'enleva dans une descente vertigineuse.

Je revois le visage de Paul. Dans l'éclat d'un gyrophare, il était d'une pâleur cadavérique. Dans un élan désordonné, il m'étreignit avec mon sauveteur, le corps secoué de sanglots. Le capitaine des pompiers attendit quelques instants avant de s'approcher :

– Il n'y a plus personne dans les bâtiments ? Vous en êtes sûr ?

Devant le signe de dénégation de Paul, hébété, le pompier parut soulagé. Puis il ajouta :

– Inexplicable ! Vu la violence de l'incendie, j'ai cru d'abord que tout le quartier allait y passer. Mais bizarrement, le feu n'a pas dépassé le musée !

Paul n'était pas en état d'écouter.

Pour moi, cependant, il n'y avait plus de doute. Ces flammes purificatrices avaient un sens. Elles détruisaient tout sur leur passage, puis se perdaient dans le brouillard et dans l'oubli. C'était la dernière colère. Quelque chose gonflait ma poche. J'y plongeai la main, mais je savais déjà. L'œil bleu de la momie.

Table des matières

1. L'enfant du Muséum, *7*
2. La vengeance du puma, *17*
3. Peau d'âme, *24*
4. Le regard de la momie, *33*
5. Le palais des glaces, *40*
6. Les oiseaux fous, *51*
7. La dernière colère, *58*

Philippe Delerm
L'auteur

Philippe Delerm est né à Auvers-sur-Oise. Ses parents étant instituteurs, il passe son enfance dans des « maisons d'école » : à Auvers, Louveciennes, Saint-Germain. Il suit des études de lettres à la faculté de Nanterre, puis devient professeur de lettres dans un collège en Normandie où il animera un club-théâtre et un club-football. Il est aussi l'auteur d'une quarantaine d'ouvrages destinés à un public adulte, dont *La Première Gorgée de bière et autres plaisirs minuscules*. Il vit depuis 1975 à Beaumont-le-Roger avec Martine, sa femme, auteur-illustrateur pour la jeunesse.

Du même auteur chez Gallimard Jeunesse

FOLIO JUNIOR
Elle s'appelait Marine, n° 901
En pleine lucarne, n° 1215

SCRIPTO
Ce voyage

GRAND FORMAT PRESCRIPTION
La Littérature dès l'alphabet

Découvre d'autres livres
de **Philippe Delerm**

dans la collection

**folio
junior**

ELLE S'APPELAIT MARINE

n° 901

Entre les soirées à la ferme des Sorno, la pêche et le vélo, ses visites à sa grand-mère au cimetière de Saint-Jean et le train-train du collège, la vie de Serge Delmas, élève en 5e, s'écoulait, paisible et sans histoires. Puis Marine est arrivée, juste avant les vacances de Pâques. La nouvelle habite au château du Bouscat et son père est peintre. À Labastide, il y a des commérages… On parle aussi beaucoup de la construction de la centrale. Un référendum est prévu mais les événements vont bientôt prendre un tour plus tragique.

EN PLEINE LUCARNE
n° 1215

Stéphane et Romain sont deux amis inséparables, au collège comme au foot, leur passion commune. Lorsque Romain accepte de rejoindre le centre de formation d'un grand club, Stéphane se retrouve bien seul. Arrive alors un jeune Turc, Artun, incroyablement doué la balle au pied. Mais la présence de cet étranger ne fait pas plaisir à tout le monde. Certains vont même jusqu'à le menacer…

Le papier de cet ouvrage est composé de fibres naturelles,
renouvelables, recyclables et fabriquées à partir de bois
provenant de forêts gérées durablement.

Mise en pages : Maryline Gatepaille

Loi n° 49-956 du 16 juillet 1949
sur les publications destinées à la jeunesse
ISBN : 978-2-07-066258-6
Numéro d'édition : 270809
Dépôt légal : octobre 2014

Imprimé en Espagne par Novoprint (Barcelone)